미츄
MITSOU

MITSOU: QUARANTE IMAGES PAR BALTHUS

ⓒ Harumi Klossowski de Rola, ALL RIGHTS RESERVED

This Korean edition was published by Eulyoo Publishing Co., Ltd. in 2024 by arrangement with Harumi Klossowski de Rola.

이 책은 저작권자와의 독점계약으로 을유문화사(주)에서 출간되었습니다. 저작권법에 의해 한국 내에서 보호를 받는 저작물이므로 무단전재와 복제를 금합니다.

Painting © Balthus, 〈Summertime〉,
1935, 60 x 73cm, 캔버스에 오일,
The Metropolitan Museum of Art 소장

Painting © Balthus, 〈The Mountain〉,
1936~1937, 248.9 x 365.8cm, 캔버스에 오일,
The Metropolitan Museum of Art 소장

발튀스 　　　　　라이너 마리아 릴케

미츄
MITSOU

암실문고
미츄

발행일   2024년 4월 5일 초판 1쇄

지은이 | 발튀스
펴낸이 | 정무영·정상준
펴낸곳 | (주)을유문화사

창립일 | 1945년 12월 1일
주소 | 서울시 마포구 서교동 469-48
전화 | 02-733-8153
팩스 | 02-732-9154
홈페이지 | www.eulyoo.co.kr

ISBN   978-89-324-6141-0 04650
            978-89-324-6130-4 (세트)

저작권법에 의해 보호를 받는 저작물이므로
무단전재와 복제를 금합니다.
이 책의 전체 또는 일부를 재사용하려면
저작권자와 을유문화사의 동의를 받아야 합니다.
책값은 뒤표지에 있습니다.
잘못된 책은 구입하신 곳에서 바꾸어 드립니다.

옮긴이. 윤석헌

한국외국어대학교 불어과를 졸업하고 같은 대학원에서 불문학 석사 학위를 받았으며, 파리 8대학교에서 조르주 페렉 연구로 박사 과정을 수료했다. 프랑스 소설을 전문으로 소개하는 레모 출판사를 운영하며 다양한 프랑스 문학을 번역, 소개하고 있다. 옮긴 책으로는 아니 에르노의 『사건』, 『젊은 남자』, 호르헤 셈프룬의 『잘 가거라, 찬란한 빛이여……』, 크리스텔 다보스의 『거울로 드나드는 여자』, 델핀 드 비강의 『충실한 마음』, 『고마운 마음』, 조르주 페렉의 『나는 태어났다』, 앙드레 지드의 『팔뤼드』 등이 있다.

해설. 이현아

에디터, 아트 라이터. 인터뷰, 칼럼, 에세이 등 예술에 관한 다양한 글쓰기를 한다. 매거진 『어라운드』에서 에디터로 커리어를 시작해 퍼블리, 젠틀몬스터를 거쳐 UX라이터로 일한다. 미술 에세이 『여름의 피부』를 썼다. 남산 아래서 남편과 두 고양이 말테, 미쭈(미츄)와 살고 있다.

11
서문

105
작품 및 작가 해설

서문

누가 고양이를 알까요? 가령 당신이라면 고양이를 안다고 주장할 수 있을까요? 저에게 고양이라는 존재는 상당히 위험천만한 가설에 지나지 않았습니다.

    동물이 인간 세계의 일원이 되려면, 우리 세계 안으로 조금이라도 들어와야 하지 않을까요? 동물은 얼마간 우리가 사는 방식을 따르고 또, 참아 내야만 합니다. 그렇지 않으면 적대감 때문이든, 두려움 때문이든, 동물은 우리와

자기들을 구분하는 거리를 따지게 될 테고, 바로 그 거리감으로부터 그들이 인간과 관계를 맺는 방식이 생겨나겠죠.

    개를 보세요. 경탄을 자아내는 그들의 비밀스러운 친밀감은 얼마나 대단한가요. 어떤 개들은 인간의 습관이나 실수까지도 숭배하기 위해 자기들의 아주 오랜 전통을 포기하는 것처럼 보일 정도입니다. 바로 이러한 점이 개를 비극적이면서도 숭고하게 만들지요. 개는 인간을 받아들이겠다고 결정하고 나면 자기 본성의 막다른 끄트머리에서 살아가라며 스스로를 다그칩니다. 개는 인간처럼 되어 버린 시선과 우수에 젖은 콧잔등을 동원해 끊임없이 자신들의 본성을 넘어섭니다.

    하지만 고양이의 태도는 어떨까요? 고양이는 그저 고양이일 뿐이고, 그들의 세계는 처음부터 끝까지 고양이의 세계입니다. 고양이가 우리를 바라본다고 말하고 싶은가요? 그런데 고양이가 정말로 망막 안쪽에 우리의 하찮은 이미지를

잠시 담아 두려고 했는지 제대로 알 수 있을까요? 어쩌면 고양이는 우리에게 시선을 고정시킨 채, 별 이유 없이 우리에게 맞서고 있는 것은 아닐까요? 영원히 꽉 채워진 눈동자라는 마법적인 거부를 통해서 말이지요 고양이가 사랑스럽게, 그리고 전기가 일 정도로 짜릿하게 몸을 비비면 어떤 이들은 거기에 영향을 받습니다. 그건 사실이죠. 하지만 그들은 갑자기 떠나 버리는 마음을 접했던 상황을 기억하고 있습니다. 서로 나누고 있다고 믿었던 풍부한 감정은 자신이 사랑하는 동물의 그러한 행동으로 종종 끝을 맺으니까요. 고양이에게 인정받은 특권층인 그들조차도 여러 번 거부당하고 버림받았습니다. 그들은 이상하리만치 냉담한 이 동물을 가슴으로 한 번 더 꼭 끌어안음으로써 고양이들만의 세계에, 그 어느 인간도 추측할 수 없는 상황에 둘러싸이게 됩니다. 그때 그들은 자신이 오로지 고양이들만 살고 있는 세계의 문턱에서 멈춰 있다고 느낍니다.

    인간은 고양이와 같은 시간을 살아갈까요?

아닐 겁니다. 저는 때때로 해질 무렵 이웃집 고양이가 제 몸 위로 뛰어오르는 이유를 확신합니다. 저를 무시해서, 혹은 어리둥절해 있는 이들에게 제가 존재하지 않는다는 사실을 증명해 보이기 위해서라는 걸요.

  우리의 꼬마 친구 발튀스가 들려줄 이야기로 안내하겠다고 해 놓고 이런 상념들 속으로 여러분을 끌어들이는 제가 잘못하고 있는 걸까요? 발튀스는 고양이를 그리죠, 사실입니다. 더 이상 말하지는 않겠지만, 그의 그림들은 여러분의 호기심을 충분히 채워 줄 겁니다. 그렇다면 대체 왜 저는 다른 형태로 이 그림들을 다시금 이야기하려 하는 걸까요? 저는 발튀스가 자신의 이야기 안에서 아직 말하지 않은 것을 덧붙이려고 합니다. 어쨌든 먼저 그의 이야기를 요약해 볼까요.

  발튀스(당시 열 살이었을 겁니다)는 고양이를 한 마리 발견합니다. 여러분이 분명 알고 있을 니옹 성에서 일어난 일입니다. 발튀스는 자기가 발견한 떨고 있는 작은 고양이를 데리고 올 수 있었어요. 그렇게 고양이와의 여행이 시작됩니다. 배를 타고 제네바에 도착하고, 모라르에서는 트램을 타지요. 발튀스는 새로운 동반자를 집 안으로 데리고 들어와서 길들이고, 애지중지하고, 사랑해 줍니다. 고양이 미츄는 자기에게 주어진 상황들을 즐겁게 받아들입니다. 가끔은 예측하지 못한 순간에 장난을 치고, 순진한 모습으로 집 안의 단조로운 고요를 깨뜨리기도 하면서요. 주인이 거추장스러운 끈으로 고양이를 묶어서 산책하는 모습이 지나쳐 보이나요? 사랑스럽지만 알 수 없고 모험심 많은 이 고양이의 마음을 훑고 지나가는 온갖 변덕스러운 행동들을 대비해야 했기 때문에 어쩔 수가 없었던 거예요. 하지만 발튀스의 그 걱정은 틀렸습니다. 이 변덕스럽고 작은 동물은 즐거움 속에서 유순하게 새로운 세계에 적응했으니까요. 심지어 위험천만한 이사도 별 탈 없이 지나갔을 정도로요. 그런데 그러고 나서 갑자기 고양이가 사라졌어요. 집안이 발칵 뒤집혔지요. 하지만 정말 다행이죠, 이번에는

심각하지는 않았어요. 미츄를 잔디밭 한가운데서
찾은 거예요. 그런데 발튀스는 탈주자 미츄에게
화를 내기는커녕 따뜻한 난방 장치 위에 미츄의
자리를 마련해 주지요. 여러분도 저처럼 이제
좀 조용해지겠구나 싶었을 겁니다. 근심 뒤에
오는 충만감을 느끼면서요. 하지만 맙소사! 이건
그저 잠깐의 중단일 뿐이었던 거예요. 때때로
크리스마스는 지나치게 매혹적인 날로 보입니다.
생각 없이 케이크를 마구 먹지요. 그러다 병에
걸리고요. 병이 나아야 하니 잠을 자야 하고요.
너무 오랫동안 잠을 자니 지루했던 미츄는
발튀스를 깨우지 않고 도망을 칩니다. 얼마나
당혹스러운지요! 다행히도 발튀스는 도망자를
찾아 나설 수 있을 정도로 건강이 꽤 회복됩니다.
발튀스는 침대 아래를 먼저 수색합니다. 아무것도
없네요. 발튀스가 홀로 미츄를 찾아보겠다고
촛불을 들고 지하 창고에 가다니, 꽤 용감해
보이지 않나요? 그 다음에는 촛불을 들고 정원과
거리로 미츄를 찾아 다닙니다. 하지만 아무것도

없네요! 고독한 꼬마의 얼굴을 좀 보세요. 누가 그를 버렸을까요? 고양이라고요? 발튀스는 최근에 아빠가 대충 그린 미츄의 그림을 보며 자신을 위로하게 될까요? 아! 이미 불안한 예감이 흐르고 있군요. 그리고 상실은 누구도 알지 못하는 때에 시작됩니다! 이번이 마지막이었네요, 이게 운명이죠. 발튀스는 돌아옵니다. 그는 눈물을 흘려요. 그는 두 손으로 눈물을 보여 줍니다.

그 눈물을 잘 살펴보세요.

이야기는 여기까지입니다. 화가 발튀스가 저보다 더 잘 이야기해 주었습니다. 제가 할 말이 더 남아 있을까요? 조금 있군요.

무언가를 발견하는 건 언제나 즐거운 일입니다. 조금 전까지만 해도 없던 걸 말이죠. 그런데 고양이를 발견하는 건 아예 놀라운 일입니다! 그 고양이는 마치 무슨 장난감마냥 당신의 삶에 완전히 들어오지는 않으니까요. 그 사실을 인정해야 합니다. 고양이는, 지금 당신의 세계에 와 있다 하더라도, 조금은 밖에 머물러 있어요. 늘 그런 식이죠.

인생+고양이

장담하건대, 이 둘의 합은 엄청나게 큰 것입니다.
　무언가를 잃어버린다는 건 매우 슬픈 일입니다. 무언가를 잃어버린다는 건 나쁜 일을 당하거나, 어딘가가 부러지거나, 결국엔 늙고 쇠락한다고 가정하는 것이죠. 하지만 '고양이를 잃어버린다'라는 표현은 절대 생각해 낼 수가 없습니다! 그 누구도 고양이를 잃어버릴 수 없어요. 고양이를, 살아있는 생명체를, 하나의 생명을 잃어버릴 수 있을까요? 하나의 생명체를 잃어버리는 것은 바로 죽음입니다!

그건 바로 죽음이에요.

찾는 것. 잃는 것. 상실이 무엇인지 제대로 생각해 보신 적이 있나요? 상실이란 단순히 자신이 짐작하지도 못했던 기대를 막 충족했던 그 관대한 순간을 부정하는 게 아닙니다. 그러한 순간과 상실 사이에는 항상 무언가가 있는데, 조금 어설프긴 하지만 그걸 소유라고 칭해야 하겠군요.

그런데 상실이 아무리 잔인한 것이라 해도, 상실은 소유에 대항할 수 없습니다. 이렇게 말할 수 있을까요, 상실은 소유의 끝입니다. 상실은 소유를 확인해 줍니다. 결국 상실이란 두 번째 소유일 뿐이며, 그 두 번째 소유는 아주 내적인 것이며, 첫 번째와는 다른 식으로 강렬합니다.

그러고 보니 발튀스, 너도 그 점을 느꼈니? 더는 미츄를 볼 수 없겠지만, 너는 미츄를 더 많이 볼 수 있게 되었다는 걸 말이야.

미츄는 아직 살아 있을까? 고양이는 네 안에 계속 살아 있지. 그 작고 태평한 고양이의 쾌활함은 너를 즐겁게 해 주고 또 네게 의무감을 주었단다. 그래서 너는 고통스러운 슬픔으로 미츄를 표현해야만 했던 거야.

그렇게 1년이 지나고, 나는 네가 성장하고 위로받았다는 걸 알게 되었어.

그럼에도 네 그림책의 마지막 장을 보고
여전히 네가 슬퍼하고 있을 거라고 여기는
사람들을 위해서, 나는 이 서문의 앞 부분을 약간
내 맘대로 써 봤단다. 마지막에 그 사람들에게
이렇게 말할 수 있도록 말이야. "걱정하지 마세요:
저는 그대로 저이며, 발튀스도 여전히 존재하고
있습니다. 우리 세상은 무척 견고하죠.

다만 고양이가 없을 뿐."

베르크—암—이르헬 성에서
　　　　1920년 11월에
　　　　　　라이너 마리아 릴케

미츄

일러두기
→ 여기 실린 그림의 크기는 오리지널 드로잉과 같다.
→ 이 그림의 인쇄본은 두 가지로 나뉘어 있다. 하나는 이 책의 초판 인쇄본을 이용한 판화형 이미지이고, 다른 하나는 발튀스의 오리지널 잉크 드로잉을 그대로 이용한 이미지이다. 본 도서는 발튀스 재단의 협력을 통해 후자의 이미지를 사용했다.

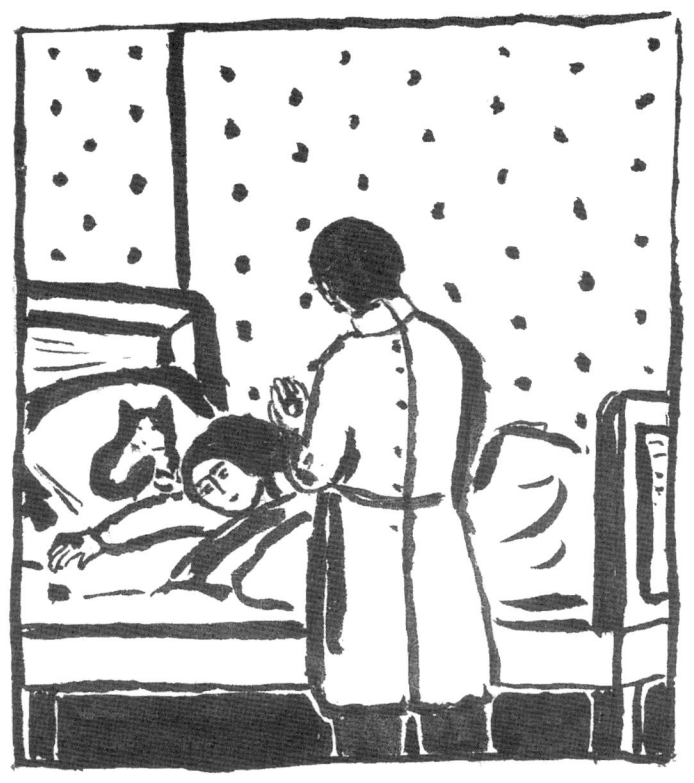

작품 및 작가 해설

영원한 상실의 장소[1]
— 이현아

발튀스의 유년기는 비옥했다. 누구나 그런 땅에서 자라는 것은 아니다. 모든 것이 다 그곳에 있어서 떠날 이유가 없는 왕국. 발튀스는 그 땅의 영주로 평생을 군림했다.

그의 본명은 발타사르 클로소프스키 드 롤라Balthazar Klossowski de Rola다. 폴란드 출신이었던 아버지 에리히 클로소프스키는 젊은 미술사학자이자 무대 디자이너였고 발라딘이라는 이름으로 활동한 어머니 엘리자베스 도로테아는 화가였다. 그들의 조상은 당시의 정치적 상황으로

[1] 이 글은 『여름의 피부』(푸른숲, 2022)에 수록된 글을 재수록한 것이다.

각각 바르샤바와 민스크를 떠나 독일 제국의 일부였던 폴란드의 브레슬라우에 도착했다.

브레슬라우 예술계에서 만난 에리히와 발라딘은 1902년과 1904년 각각 파리로 이주했고, 1908년 2월 29일 발튀스를 낳았다. 그들은 독일 이민자 모임 장소이기도 했던 카페 뒤 돔에서 예술가와 지식인들과 어울렸다. 그중에는 화가 피에르 보나르, 미술상이자 작가였던 빌헬름 우데, 예술 비평가이자 소설가였던 율리우스 마이어 그레페 등이 있었고 앙리 마티스와 장 콕토는 그들의 집을 자주 찾는 단골손님이었다. 이런 환경 속에서 자란 어린 발튀스에게 글과 그림은 필연적이었다.

1914년 제1차 세계 대전이 발발했다. 독일 국적이었던 에리히와 발라딘은 발튀스 형제와 함께 파리를 떠나야 했다. 이들은 베를린에 자리를 잡지만 재정적 어려움으로 1917년 초부터 서로 다른 도시에서 살아가게 된다.

에리히는 뮌헨에서 무대 디자이너로

커리어를 쌓아갔고, 발라딘은 베른과 제네바에서 아이들과 함께 지냈다. 잦은 이사와 궁핍한 생활이 이어졌지만 발라딘은 두 형제가 아이들의 세상 속에서만 살 수 있도록 노력했다. 그의 아파트에는 평범한 삶의 관습이나 잔인한 현실이 비집고 들어설 틈이 없었다. 이들의 집은 마치 장 콕토의 소설 『앙팡 테리블』의 도입부를 연상케 했고, 어린 발튀스는 에밀리 브론테의 『워더링 하이츠』와 루이스 캐럴의 『이상한 나라의 앨리스』에 푹 빠져 지냈다. 세 작품은 모두 유년기의 강렬한 경험을 담고 있다. 선과 악, 사랑과 폭력이 동시에 존재하는 세계. 도덕이 존재하기 이전의 세계. 어떤 존재가 사회 속에서 자신을 인식하기 전의 세계. 이런 경험은 후에 발튀스의 그림에서도 재현된다. 밀폐된 방에서 책을 읽고, 카드게임을 하고, 거울을 보고, 잠에 빠지고, 때로는 위험천만한 꿈을 꾸는 소년소녀들.

    1919년 발라딘은 시인 라이너 마리아 릴케를 만난다. 둘은 7년 후 릴케가 세상을 떠날

때까지 연인으로 지냈다. 발튀스 형제를 유난히 아꼈던 그는 이들이 학업을 이어갈 수 있도록 기금을 모으고 지인들에게 적극적으로 도움을 구했다. 릴케는 아버지의 자리를 대신하는 든든한 친구이자 선배 예술가였다. 하지만 그가 발튀스의 삶에 가장 큰 영향을 미친 일은 따로 있었다. 발튀스가 열세 살에 드로잉집 『미츄』[2]를 출간할 수 있도록 도운 것이다. 이 책은 발튀스가 키우던 고양이 미츄와의 아름다운 날들과 상실에 대한 이야기다.

    열 살 무렵, 발튀스는 니옹 성에서 벌벌 떨고 있는 고양이 한 마리를 발견한다. 발걸음을 떼지 못했던 그는 고양이를 키워도 된다는 허락을 받고 제네바의 집으로 돌아온다. 이 고양이는 미츄라는 이름을 갖게 된다. 발튀스와 미츄는 늘 함께였다. 산책을 할 때도, 밥을 먹을 때도, 놀이에 지쳐 잠들 때에도. 그러던 어느 크리스마스 밤, 미츄는 홀연히 사라진다. 발튀스는 양초를 들고 안팎으로

---

[2] 이때부터 릴케의 제안으로 어린 시절 애칭이었던 발튀스라는 이름을 쓰게 된다.

헤매지만 결국 미츄를 찾지 못한 채 집에 돌아온다.
그는 발튀스가 유년기에 첫 번째로 경험한 상실의
대상이다.

매일 안고 자던 인형, 담요, 일기장, 크레파스,
옆집에 살던 개, 불현듯 이사가 버린 동네 친구…….
어른들은 무시하기 쉬운 이러한 상실은 아이의
마음속에 영원히 메울 수 없는 공백을 만든다.
무언가를 잃어버린 적 없는 아이들은 이 감정을
어떻게 다뤄야 할지 모른다. 어른들은 아이가
공백의 자리를 건너뛰고, 상실을 받아들이며 조금
더 빨리 어른이 되어 주기를 바란다. 그러곤 마치
산타의 정체가 밝혀지는 때처럼, 더 이상 자신이
떠나온 세계를 연기하지 않아도 된다는 사실에
안도감을 느낀다. 환상의 세계에서 잠든 아이들을
깨워 현실로 데리고 오려고 한다. 하지만 아이들도
그것을 원했던가? 그들에게 필요한 건 애도의
시간이 아니었나?

발튀스는 유년기에 겪은 상실을 기록하고
애도할 수 있는 드문 행운을 거머쥐었다. 이것은

그의 인생을 관통하는 사건이었다. 드로잉집의 서문을 쓴 릴케는 발튀스의 삶을 예견이라도 한 듯 말했다. "발튀스는 그의 꿈에 머물 것이고, 모든 현실을 자신의 창조적 필요에 맞게 변형할 겁니다." 그의 유년은 상실의 까만 심연을 들여다봐 주는 사람들과 함께였다.

    발튀스는 이미 이 시기에 자신은 영원히 어린아이로 남고 싶다고 친구에게 말했다. 그는 모두가 그러하듯 자신도 어른이 되어야만 한다는 사실을 받아들이기 어려웠을 것이다. 이 완벽한 세계를 왜 떠나야 하는지 이해할 수 없었을 테니까. 2월 29일인 발튀스의 생일은 4년에 한 번씩 돌아온다. 그는 성인이 된 후에도 농담처럼 자신의 나이를 4년 주기로 셈하여 말하곤 했다. 그런 발튀스에게 그림은 유년기를 떠나지 않는 하나의 방법이었다.

발튀스가 파리에 머물던 1920~1940년대는 모든 것이 흔들리고, 변화하고, 상처 입는 시기였다.

예술가들은 각기 다른 방식으로 시대에 대응했다. 파리에는 입체파, 추상화, 초현실주의 등 새로운 흐름이 파도쳤다. 발튀스는 이러한 물결에 발을 담그지 않고 오히려 고전적인 것에 몰두했다. 학교에서 정규 미술 교육을 받지 않았던 그는 연극 무대를 디자인하거나 루브르 박물관에서 명화를 연구하고 베껴 그리며 독학을 이어나갔다. 루브르 전체가 발튀스의 아카데미였다.

    1934년 4월 파리의 피에르 갤러리에서 발튀스의 첫 전시회가 열렸다. 성인 여성에게 학대당하는 소녀를 그린 악명 높은 〈기타 레슨〉과 『워더링 하이츠』 속 에피소드에서 영감을 받은 〈캐시 드레싱〉이 벽에 걸렸다. 발튀스가 추구한 미술적 야망은 복잡했다. 그는 자신의 그림이 불러일으킬 논란을 예상했다. 일부 비평가들은 발튀스를 '병적'이라고 비난했고 '색정광'이나 '회화의 프로이트'라고 불렀다. 〈기타 레슨〉은 2주간의 전시 기간 동안 선택된 관객들만 볼 수 있도록 뒷방 신세를 져야 했다. 전시에서는 단한 작품도 판매되지 않았지만, 모두가 대중과 비평가의 의견에 동의하는 건 아니었다. 이후 알베르 카뮈, 알베르토 자코메티, 만 레이, 파블로 피카소 등 많은 예술가가 발튀스의 작품을 동경하고 구입했다.

발튀스는 고립을 즐기는 사람이었다. 1956년 뉴욕 현대 미술관에서 첫 단독 전시를 연 후에는 도록에 전기적인 내용을 싣는 것을 거부했고 인터뷰도 하지 않았다. 그는 그림이 스스로 말해야 한다고 믿었다. 1965년 런던 테이트 모던 미술관에서 전시를 할 때는 비평가 존 러셀에게 이렇게 말하기도 했다. "'발튀스는 아무것도 알려진 것이 없는 화가다'라고 시작하세요. 그러면 사람들이 그림을 볼 겁니다." 이런 점 때문에 은둔의 화가로 유명했지만, 경제적으로 넉넉하지 못했던 부모의 사정과 잇따른 전쟁으로 그의 삶은 여러 도시에 조각조각 흩어져 있었다. 그는 청년기까지 스위스, 독일, 프랑스, 이탈리아, 모로코 등 여러 나라를 떠돌았다. 그래서인지 발튀스는 화가로서 어느 정도 명성을 얻은 후에는 자신의 성이라고 부를 법한 장소를 찾아다녔다.

집에 대한 발튀스의 취향은 독특했는데, 그가 살았던 장소는 그의 비밀스러움에 한몫을 더했다. 1953년 발튀스는 파리 생활에 작별을 고하고 부르고뉴 모르방의 샤토 드 샤시로 거처를 옮긴다. 이 성은 14세기에 지어졌고, 17세기에 개조되어 한때 사냥터로 쓰였다. 모양과 높이가 다른 네 개의 탑으로 연결된 석조건물은 조르조 모란디의 병처럼 단순하고 아름다웠지만, 생활의 터전이 되기에는 부족한 점이 많았다. 발튀스는 성채를 지속적으로 개축하면서 지내야 하는 불편함을 기꺼이 감수했다.

1961년에서 1977년까지는 로마의 메디치 빌라에서 지냈다. 발튀스의 친구이자 당시 프랑스 문화부 장관이었던 앙드레 말로가 그를 프랑스 아카데미 원장으로 임명했기 때문이다. 발튀스는 프레스코 벽화부터 가구와 정원까지 건물 곳곳이

과거의 영광과 아우라를 회복할 수 있도록 복원 작업을 이어갔다. 이 시기 발튀스는 휴가차 찾은 일본에서 통역을 도왔던 세츠코 이데타를 만난다. 그는 1966년 첫 번째 아내였던 앙투아네트 드 와트빌과 이혼하고 이듬해 세츠코와 결혼한다. 당시 발튀스는 54세였고 세츠코는 그보다 서른다섯 살이 어렸다.

발튀스는 스위스의 로시니에르 800미터 고도에서 그의 마지막 성을 발견한다. 1752년에서 1756년 사이에 지어진 그랑 샬레는 스위스에서 가장 오래된 산장이자 유럽에서 가장 큰 목조 건물이다. 치즈를 판매하고 상인들이 거주하는 공간으로 고안된 이곳은 1852년 이후 125년 동안 빅토르 위고와 같은 예술가와 시인들이 방문하는 호텔로 운영됐다. 발튀스와 세츠코가 이곳을 방문했을 때 오너는 오랫동안 호텔을 매각하려 했지만 누구도 관심이 없다고 말했다.

방이 44개, 창이 113개인 5층짜리 산장 앞에서 발튀스는 망설임 없이 대답했다. "내가 관심

있어요." 일본의 목조 건물에 익숙했던 세츠코,
메디치 빌라에서 태어난 그들의 딸 하루미, 그리고
발튀스에게는 낡고 거대한 집이 낯설지 않았다.
발튀스의 딜러였던 피에르 마티스③는 그의 작품
네 점과 교환하는 조건으로 집값을 지불했고,
이들은 1977년 그랑 샬레로 이사한다.

 그랑 샬레에서의 하루는 단순했다. 발튀스는
아침 식사를 한 후 낮에는 호텔의 차고를 개조한
스튜디오에서 작업을 했다. 그는 바깥으로 나가는
대신 자신의 왕국에 사람들을 불러들였다.
호텔이었던 산장의 역사를 이어받기라도 하듯
말이다. 긴 밤에는 이탈리아 영화와 초기 르네상스
미술에 빠져 지냈다. 페데리코 펠리니, 미켈란젤로
안토니오니, 루키노 비스콘티, 피에르 파올로
파졸리니, 피에로 델라 프란체스카, 마사초,
마솔리노 다 파니칼레……. 세츠코는 그들이야말로
발튀스의 주인이었다고 표현했다.

 발튀스는 평생 소수의 사람들만을 그의
삶으로 초대했다. 세츠코도 발튀스의 세계에

---

③ 갤러리스트, 아트 딜러. 뉴욕에서 1931년부터 '피에르 마티스 갤러리'를 운영하며 알베르토 자코메티, 호안 미로, 앙드레 드랭 등 여러 미술가를 선보였다. 앙리 마티스의 둘째 아들이기도 하다.

초대받은 한 명이었다. 그는 한 인터뷰에서 이렇게 말했다.

"발튀스와 있을 때는 모든 것이 평범했어요. 왜냐하면 저는 다른 방식의 삶을 몰랐거든요. 뭐랄까, 그에게 보호받고 있었던 거죠. 그런데 혼자가 되고, 다른 세계를 직면하면서, 그동안 제가 누렸던 삶이 얼마나 풍요롭고 특별했는지 알게 됐어요."

〈산〉은 발튀스가 그린 가장 큰 그림으로 '여름—사계절을 묘사하는 4연작' 중 첫 번째 작품이다. 어떤 이유에서인지 나머지 계절은 그리지 않았다. 그림 속 장소는 스위스의 베아텐베르크다. 소년 시절 발튀스는 이 마을과 니더호른산에서 여름을 보내곤 했다. 그는 산 정상에 상상 속 고원을 그려 넣었다.

그림 속에는 일곱 명의 인물이 등장한다. 가장 먼저 눈에 들어오는 사람은 팔을 뻗고 있는 여자[4]다. 그의 발, 가슴, 팔, 눈동자는 제각기

---

[4] 이 인물의 모델은 앙트와네트 드 와트빌로, 둘은 이 그림을 완성한 해에 결혼했다. 이들이 처음 만난 건 발튀스가 열여섯 살, 앙트와네트가 열두 살 때다.

〈산〉, 1936~1937, 발튀스

〈여름철〉, 1935, 발튀스

다른 방향을 향한다. 목적을 알 수 없는 동작이 기묘함을 자아내 쉽사리 눈을 뗄 수 없다. 가이 대븐포트는 이를 두고 이렇게 표현하기도 했다. "발튀스는 카프카와 마찬가지로 제스처와 자세의 대가다. 카프카에게 신체는 우리가 읽을 수 없는 언어를 전송하는 기호였다. 발튀스의 몸짓도 해석을 거역한 것이다."[5] 여자에게서 붙잡힌 시선을 옮기면 다른 인물들이 차츰 눈에 들어온다. 오른쪽 전면부에 넘어진 석상처럼 뉘인 소녀는 등산과는 어울리지 않는 차림새로 마법에 걸린 듯 견고한 잠에 빠져 있다. 파이프를 문 남자는 가이드로 추정되는데, 혼자서만 우스꽝스러운 결의에 차 있다. 붉은 상의를 입은 남자는 무대에 선 듯 온몸으로 빛을 받으며 먼 곳을 바라본다. 절벽 위에 선 남자와 여자는 깊이를 알 수 없는 협곡을 향해 무언가를 가리킨다. 그리고 먼 산에는 허수아비처럼 우두커니 서서 이 모두를 바라보는 한 사람이 있다. 이들은 마치 연극을 하듯 자신의 배역에만 심취해 있다. 한곳에 있지만 누구와도

[5] 『A Balthus Notebook』, Guy Davenport, David Zwirner Books, 2020.

얽히지 않고 하나의 결말을 향해 달려가지도 않는다. 동시에 그들의 얼굴은 그림을 바라보는 이의 침범 또한 거부한다. 비현실적으로 파란 하늘과 암벽을 내리쬐는 햇빛, 그늘진 대지는 극적인 대비를 이루며 공간을 분리시킨다. 심리적인 윤곽선을 긋는 듯, 그들이 있는 곳은 산이 아니라 마치 동떨어진 섬 혹은 각자의 낙원처럼 보인다. 이들이 떠나온 짧은 소풍은 어떻게 마무리될까? 짐작할 수 있는 건 그림을 바라보는 우리는 이 소풍에 초대되지 않았다는 사실뿐이다.

〈여름철〉은 발튀스가 〈산〉을 그리기 한 해 전 완성한 그림이다. 같은 장소를 묘사하고 있지만 잠든 소녀만이 그곳에 있다. 〈산〉은 어쩌면 〈여름철〉의 연장선일까? 소녀가 꾸고 있는 꿈일까?

발튀스는 늘 과거에서 무언가를 구하는 사람이었다. 그곳에 모든 것이 있다고 믿었다. 〈산〉은 그의 유년기와 청년기에 대한 헌사처럼 보인다. 예술과 자연에 둘러싸여 풍요로운 여름을 보냈던 장소, 어린 시절 처음으로 사랑에 빠진 여인, 그에게 스승이 되어 주었던 화가들······.⑥ 나는 발튀스식의 노스탤지어를 바라본다. 그에게 있어 지나간 날에 대한 애도란 상실의 자리를 메우지 않고 영원히 보존하는 것이다. 그는 평생에 걸쳐 그 작업을 수행했다.

    93세의 발튀스는 죽음을 앞두고 로잔의 병원에서 자신의 작업실로 돌아온다. 그가 마지막에 반복해 내뱉었던 말은 이런 것이었다. "계속해야 해, 계속······." 그는 세츠코와 하루미의 옆에서 눈을 감았다. 내게 그림 속의 잠든 소녀는 발튀스의 자화상처럼 느껴진다. 발튀스는 그 상실의 한가운데에, 깨어나면 다시 돌아갈 수 없는 주소 없는 땅에, 유년기의 영원한 세계에 잠들어 있다.

---

⑥ 〈산〉 속에는 발튀스가 영향을 받은 이들에 대한 애정과 존경이 숨어 있다. 잠자는 소녀는 니콜라 푸생의 〈에코와 나르키소스〉를 오마주했다. 파이프를 문 가이드의 자세는 귀스타브 쿠르베의 〈돌 깨는 사람〉 속 남자를, 얼굴은 요셉 라인하르트의 〈칸톤 프라이부르크〉 속의 인물을 떠올리게 한다.

발튀스(오른쪽)과 그의 형 피에르 클로소프스키의 어린 시절